ÉVENTAILS

ANCIENS

DES COURS LOUIS XIV, LOUIS XV & LOUIS XVI

VENTE : Les 15, 16, 17 Avril 1861

Me DELBERGUE-CORMONT
Commissaire-Priseur.

M. VIGNÈRES
Marchand d'Estampes.

RENOU & MAULDE

IMPRIMEURS DE LA COMPAGNIE DES COMMISSAIRES-PRISEURS

Rue de Rivoli, n° 144.

CATALOGUE

DES

ÉVENTAILS PRÉCIEUX

Des cours LOUIS XIV et Régence
LOUIS XV, Pompadour et LOUIS XVI

Formant une rare et importante Collection

DONT LA VENTE AURA LIEU

HOTEL DES COMMISSAIRES-PRISEURS

Rue Drouot, n° 5

GRANDE SALLE N° 5, AU PREMIER ÉTAGE

Les Lundi 15, Mardi 16 et Mercredi 17 Avril 1861.

Par le ministère de Me **DELBERGUE-CORMONT**, Cre-Priseur,
rue de Provence, 8,

Assisté de M. **VIGNÈRES**, Marchand d'Estampes,
rue la Monnaie, 13, à l'entresol ; entrée rue Baillet, 1,
Chez lequel se distribue le présent Catalogue.

EXPOSITIONS : Particulière. — Le Samedi 13 Avril.
Publique. — Le Dimanche 14 Avril.
de 1 heure à 4 heures.

PARIS
RENOU & MAULDE
IMPRIMEURS DE LA COMPAGNIE DES COMMISSAIRES-PRISEURS
RUE DE RIVOLI, 144.

1861

ORDRE DES VACATIONS.

Lundi 15 *et Mardi* 16 *Avril.* — Eventails de 1 à 350.
Mercredi 17 *Avril.* — Feuilles de 1 à 203.

Ce Catalogue nous a été remis manuscrit pour le faire imprimer.

CONDITIONS DE LA VENTE

Elle sera faite au comptant.

Les Acquéreurs paieront, en sus du prix d'adjudication, CINQ pour cent, applicables aux frais.

Nous enverrons *franco* les Catalogues de vente aux personnes qui en auront fait la demande.

M. Vignères se charge de faire marquer le prix aux Catalogues des ventes qu'il a faites : les amateurs qui le désirent peuvent s'adresser à lui *franco*.

Plusieurs amateurs éloignés en ont reconnu l'utilité pour les guider dans leurs achats sur les valeurs des estampes.

AVANT-PROPOS.

Cette rare réunion d'éventails des Cours des derniers siècles, curieuse à plus d'un titre, et livrée aujourd'hui aux enchères, n'a point été faite en vue de ce qu'on appelle maintenant une Collection; elle est l'œuvre d'un hasard.

Recueillis à l'étranger durant l'émigration, ces éventails étaient alors laissés, comme souvenir d'une cordiale et bienveillante hospitalité, reçue à une époque et dans des circonstances qui rompaient brusquement tant de relations et dispersaient tant d'amitiés.

Une parole, le hasard, firent offrir le premier, puis la mode en vint.

Alors ce fut à qui prendrait parmi ses bijoux, ces autres bijoux conservés dans chaque famille autant comme œuvres de grands artistes, qu'à cause des souvenirs qui s'y rattachaient, pour les ajouter à ceux déjà offerts; et le nombre s'en accrut bientôt.

Plus tard, transmise par héritage en d'autres mains, cette réunion s'augmenta encore de quelques pièces retrouvées en Angleterre, en Belgique et en Allemagne, et forme à présent une collection presque unique.

Dans ce catalogue, nous n'avons indiqué que le détail et l'époque de chaque éventail, plus ou moins brièvement, suivant son importance, et afin seulement de faciliter l'examen aux expositions et la reconnaissance des pièces aux jours de vente.

Nous avons été aussi très-réservés, quant aux attributions, persuadés que nous sommes que le mérite des feuilles, la richesse des montures et leur parfaite conservation suffiront aux amateurs pour leurs estimations. Pour certaines que nous avons mentionnées, nous les tenons d'une tradition que l'on peut croire vraie et qui les a toujours fait reconnaître pour justes, en raison des provenances.

Au reste, les amateurs reconnaîtront dans ces feuilles, en outre de la richesse des montures comme sculpture, dorure et matière (toutes sont en ivoire ou en nacre), le talent des grands artistes de chaque époque, tels que Lebrun, A. Coypel, la Rosalba, Gillot, Watteau, Lancret, Boucher, Huet et autres.

Mais, comme nous venons de le dire, si nous avons été sobres d'attributions, si nous n'avons pas surchargé ce catalogue de réflexions et de remarques contestables, on voudra bien certainement nous permettre de présenter en peu de mots, une remarque qui a son importance. Nous voulons parler de ces éventails, qui non-seulement, étaient à ces époques des objets très-importants dans la parure des dames, mais encore, servaient de cadres à l'imagination satirique du temps, à certaines allégories, ainsi qu'aux actualités et voire même aux dédicaces et à quelques portraits.

Aussi trouvera-t-on dans cette vente, parmi des objets qui n'ont encore excité qu'accidentellement la curiosité et la recherche, certaines pièces dignes d'attention et d'un intérêt historique.

ÉVENTAILS

La totalité des gouaches de ces éventails est peinte sur peau d'Italie, dite peau de chevreau.

1 — Éventail Louis XV.
2 — Monture Louis XVI, en ivoire finement découpé.
3 — Monture en ivoire découpé. Gouache à trois médaillons, entouré de guirlandes.
4 — Gouache sur soie. Louis XVI. Ivoire.
5 — Monture Louis XVI. Gouache.
6 — Gouache. Trois médaillons. Monture Louis XVI.
7 — Monture Louis XVI, avec gouaches. Orné de fleurs et de fruits.
8 — Gouache avec beaux ornements de fleurs.
9 — Monture Louis XVI. Belle gouache avec sujet de fleurs.
10 — Éventail Louis XVI. Sujet d'histoire sainte.
11 — Louis XVI. Monture en ivoire. Renaud et Armide.
12 — Trois médaillons. Deux en grisaille.
13 — Jolie monture. Ivoire sculpté. Gouache.
14 — Agar et Ismaël dans le désert. Monture Louis XVI.
15 — Éventail Louis XVI. Gouache.
16 — Éliézer et Rebecca. Monture en ivoire Louis XVI.
17 — Joli sujet. Monture en ivoire Louis XVI.
18 — Éventail Louis XVI. Pastorale.
19 — Monture Louis XVI. Pastorale.
20 — Belle feuille. Villageoise et moutons.
21 — Monture finement sculptée. Pastorale et attributs.
22 — Monture rehaussée d'or. Louis XIV.
23 — Gouache avec nombreux personnages. Monture Louis XIV.

24 — Éventail Pompadour. Très-belle monture peinte.
25 — Monture Louis XIV. Sculptée et dorée.
26 — Éventail Pompadour. Très-belle monture peinte. Oiseaux et fleurs.
27 — Éventail Louis XV. Monture chinoise en ivoire sculpté.
28 — Gouache. Pastorale et attributs. Monture Louis XIV, avec appliques en nacre.
29 — Pastorale, fleurs et fruits. Monture Louis XVI.
30 — Monture Louis XVI. Gouache.
31 — Monture en ivoire sculpté. Gouache à plusieurs médaillons.
32 — Gouache et monture Louis XV.
33 — Gouache. Monture Louis XVI.
34 — Pastorale. Monture simple.
35 — Gouache. Monture Louis XVI.
36 — Monture Louis XVI.
37 — Monture Louis XV.
38 — Gouache. Louis XVI.
39 — Monture Louis XVI. Feuille avec sujet.
40 — Fleurs et fruits. Louis XVI.
41 — Pastorale. Monture nacre, découpée et gravée.
42 — Monture peinte et sculptée. Pompadour.
43 — Feuille et monture Louis XIV. Dorée.
44 — Éventail Louis XVI. Feuille représentant les flottes anglaises et hollandaises. Deux médaillons. Dans chacun un triton tenant en main, l'un, le pavillon anglais et l'autre le pavillon hollandais : Curieux.
45 — Monture Louis XIV. Ivoire sculpté. Feuille représentant l'histoire de Ruth et Booz.
46 — Éventail Louis XV. Belle feuille. Pastorale. Belle monture.
47 — Louis XVI. Sujet d'Histoire sainte. Belle monture.
48 — Pastorale. Louis XVI.
49 — Diane et Endymion. Louis XVI.
50 — Ruth et Booz. Louis XVI.

51 — Belle feuille. Louis XVI.
52 — Grisaille. Louis XVI.
53 — Sujet d'Histoire sainte. Louis XVI.
54 — Pastorale. Belle monture. Louis XVI.
55 — Pastorale. Louis XVI.
56 — Monture sculptée et dorée. Trois médaillons. Pastorales.
57 — Monture très fine. Pastorales.
58 — Gouache avec ornements. Monture sculptée.
59 — Flore et Zéphir. Ornements de fleurs. Louis XVI.
60 — Belle monture. Pastorale. Louis XVI.
61 — Gouache. Fleurs et fruits. Ruth et Booz. Louis XVI.
62 — Fine monture. Gouache avec ornements.
63 — Louis XVI. Fleurs et médaillons.
64 — Gouache. Médaillons avec ornements. Louis XVI.
65 — Éventails Louis XVI. Médaillons et attributs.
66 — Monture Louis XVI.
67 — Monture Louis XVI. Pastorale.
68 — Éventail Louis XVI. Feuille de soie.
69 — Monture Louis XVI.
70 — Monture Louis XVI.
71 — Monture et feuille Pompadour.
72 — Belle monture Louis XVI. Nacre dorée. Soie.
73 — Monture Louis XV.
74 — Monture Louis XVI, en nacre. Pastorale.
75 — Belle monture Louis XVI. Nacre. Feuille de soie.
76 — Monture Louis XVI. Nacre. Époque du *Sopha* de Crébillon.
77 — Belle monture Louis XVI. Nacre. Offrande à l'Amour.
78 — Éventail Louis XIV. Très-belle monture sculptée et dorée. Fiançailles de Bacchus et d'Ariane.
79 — Éventail Louis XVI. Belle feuille. Attributs champêtres.
80 — Monture Louis XVI. Pastorale.
81 — Monture et belle feuille de soie.

82 — Monture en nacre. Belle feuille. Pastorales. Louis XVI.

83 — Belle monture Louis XVI. Nacre. Belle feuille.

84 — Monture et feuille Louis XVI. Pastorales et attributs.

85 — Sara amène Agar à Abraham.

86 — Cet éventail avait été fait pour être verni par Martin. Sujet : Énée épouse Lavinie. Peinture très-fine.

87 — Éventail Louis XVI. Formant lorgnette. Feuille de soie.

88 — Éventail Louis XVI.

89 — Belle monture Louis XVI, finement sculptée.

90 — Éventail Louis XVI. Élégante monture.

91 — Monture Louis XVI. Beau sujet.

92 — Monture Louis XVI. Belle pastorale.

93 — L'Enfant prodigue. Belle monture Louis XVI.

94 — Feuille et monture Louis XVI. Pastorale.

95 — Belle monture Louis XVI. Pastorale.

96 — Feuille et monture Louis XVI.

97 — Monture et feuille Louis XVI.

98 — Sujet et monture Louis XVI. Nacre.

99 — Monture Louis XVI. Belle feuille. Calypso et l'Amour.

100 — Sujet et monture Louis XVI.

101 — Belle gouache, avec paysages et marines. Monture Louis XVI.

102 — Monture Louis XVI. Flore et Zéphire.

103 — Monture Louis XVI, en nacre. Narcisse et la nymphe Écho.

104 — Monture Louis XVI, en nacre. Gouache.

105 — Monture Louis XIV. Nacre. Jugement de Pâris.

106 — Monture Louis XVI. Ivoire finement sculpté.

107 — Monture en nacre sculptée et dorée. Éliézer et Rebecca.

108 — Pastorale. Monture en ivoire. Louis XVI.

109 — Gouache. Fond argenté. Monture en nacre. Louis XVI.

110 — Monture en ivoire sculpté. Gouache. Sujet Louis XVI.

111 — Monture et feuille de soie.

112 — Feuille et monture Louis XVI. Nacre.

113 — Monture en ivoire. Pastorale.

114 — Feuille et monture Louis XV.

115 — Sujet et monture Louis XVI.

116 — Belle monture Louis XV. Ivoire.

117 — Belle monture chinoise. Ivoire.

118 — Sujet et monture Louis XVI.

119 — Monture et sujet Louis XVI, en ivoire sculpté.

120 — Éventail Louis XV. Gouache.

121 — Sujet et monture Louis XVI.

122 — Sujet et monture Louis XV. Gouache.

123 — Sujet et monture Louis XVI.

124 — Belle monture Louis XVI.

125 — Belle monture Louis XVI. Gouache.

126 — Gouache et monture Louis XV.

127 — Sujet et belle monture Louis XVI.

128 — Très-fine monture Louis XVI. Pastorale.

129 — Éventail Louis XV. Chinois.

130 — Monture Louis XVI. Beaux décors, fleurs et fruits.

131 — Gouache et monture Louis XVI.

132 — Sujet et monture Louis XV. Sculptée et dorée. Ivoire.

133 — Louis XVI. Ivoire sculpté et peint.

134 — Gouache et monture Louis XVI.

135 — Monture Louis XVI.

136 — Sujet et monture Louis XVI.

137 — Belle monture Louis XVI, avec médaillons.

138 — Sujet et monture Louis XVI.

139 — Cet éventail a été fait à l'occasion du mariage de Marie-Antoinette avec le duc de Berry, dauphin de France (1770). Monture Louis XVI, avec attributs de l'Hyménée. Ivoire, rehaussé d'or et d'argent. La feuille, en soie, est enrichie de fleurs avec paillettes, cornes d'abondance et dauphins.

Le médaillon représente Marie-Antoinette appuyée sur un dauphin, ayant à ses pieds une boule fleurdelisée. En arrière, une femme appuyée sur un ancre, symbolise l'Espérance; dans les cieux, la déesse de l'Abondance. La Fidélité représentée par un chien, l'allégresse du peuple par un enfant qui tire des pièces d'artifice et par des danses devant un orchestre où se trouve reproduit le dauphin. A l'horizon, sont indiquées les tours de Notre-Dame.

140 — Autre éventail ayant trait au mariage de Marie-Antoinette. Monture en ivoire. Feuille de soie. Au milieu, un médaillon représentant Marie-Antoinette et le Dauphin choisissant des parures.

141 — Éventail Louis XV. Ivoire sculpté. Moïse sauvé des eaux.

142 — Sujet et monture Louis XVI.

143 — Gouache et monture en nacre Louis XVI.

144 — Monture Louis XVI.

145 — Monture Louis XVI.

146 — Monture Louis XVI. Médaillon représentant le mariage de Marie-Antoinette.

147 — Pastorale Louis XVI.

148 — Monture en ivoire. Joseph vendu par ses frères.

149 — Pastorale Louis XVI.

150 — Monture Louis XVI. Sujet chinois avec arabesques de fleurs.

151 — Belle monture Louis XVI en ivoire découpé, rehaussé d'or. Très-belle feuille. Trois médaillons. Celui du milieu représente Agar et Ismaël dans le Désert et l'appparition de l'Ange.

152 — Monture Louis XVI. Feuille de soie avec fleurs. Éventail de l'époque du mariage de Marie-Antoinette.

153 — Monture Louis XVI en nacre. Ruth et Booz.

154 — Monture Louis XVI en nacre. Feuille ornée d'arabesques. Médaillons ayant trait au départ pour la guerre de l'indépendance (1782).

155 — Éventail Louis XVI, de l'époque du mariage.

156 — Monture Louis XVI. Belle feuille. Epoque du mariage de Marie-Antoinette et du Dauphin.

157 — Gouache et monture Louis XV.

158 — Belle monture Louis XV. Feuille enrichie de fleurs représentant l'Hymenée.

159 — Monture Louis XV en ivoire sculpté. Camaïeu rose. Pastorale.

160 — Belle monture Louis XV. Pastorale.

161 — Monture Louis XV. Sujet orné d'arabesques : Rébecca à la fontaine.

162 — Sujet et monture Louis XV. Pastorale.

163 — Monture Louis XV. Gouache ornée de treillages de fleurs et de médaillons. Sujet champêtre.

164 — Monture Pompadour. Gouache ornée de fleurs : Joseph vendu par ses frères.

165 — Monture et feuille Louis XV. Pastorale.

166 — Gouache et monture Louis XV. Fleurs et fruits. Sujet champêtre.

167 — Sujet champêtre Louis XV.

168 — Pastorale.

169 — Louis XV. Feuille à trois médaillons, entourée d'arabesques. Camaïeu rose et violet. Baptême de Jésus-Christ.

170 — Belle monture Louis XV en ivoire. Attributs. Fleurs et fruits.

171 — Monture Louis XV en ivoire. Attributs. Fleurs et fruits.

172 — Monture en ivoire sculpté, Louis XV.

173 — Sujet et monture Louis XV, ivoire.

174 — Monture, ivoire sculpté. Sujet Louis XV.

175 — Monture Louis XV. Ivoire sculpté et doré, orné de fleurs : Rébecca à la fontaine.

176 — Belle monture Pompadour en ivoire découpé, avec peintures. Sujet champêtre, orné d'oiseaux et de fleurs.

177 — Monture Louis XV. Sujet représentant l'Hymenée. Orné de fleurs.

178 — Gouache et monture Louis XV. Ivoire sculpté.

179 — Monture Louis XV. Belle feuille. Sujet champêtre.

180 — Sujet champêtre.

181 — Monture Louis XV. Diane et Actéon.

182 — Monture Louis XV, ornée de fleurs. Jésus et ses disciples.

183 — Monture Louis XV. Belle feuille. L'Hymenée.

184 — Sujet et monture Louis XV.

185 — Monture Louis XV. Femme à la citerne.

186 — Bel éventail brisé. Chinois. Ivoire finement découpé.

187 — Monture Louis XV. Belle gouache. Éliézer et Rébecca.

188 — Monture Louis XV. L'Enfant prodigue.

189 — Belle monture Louis XV. Gouache avec ornements. Jacob chez Laban.

190 — Monture Louis XV. Sujet mythologique. Belle gouache.

191 — Monture. Feuille ornée de fleurs. Éliézer et Rébecca. Louis XV.

192 — Monture en ivoire sculpté. Arabesques et attributs : Sommeil d'Actéon. Louis XV.

193 — Monture Louis XV. Pastorale.

194 — Belle monture Louis XV.

195 — Monture Louis XV sculptée et dorée. Bouquets de fleurs. Grisailles.

196 — Monture Louis XV sculptée et dorée.

197 — Belle monture Louis XVI. Joseph à la citerne.

198 — Belle monture Pompadour. Pastorale.

199 — Belle monture Louis XVI en nacre, ornée d'arabesques et de médaillons. Sujet champêtre.

200 — Monture Louis XVI. Fleurs et médaillons.

201 — Monture Louis XVI. Gouache ornée de fleurs.

202 — Belle monture de nacre Louis XVI, ornée de fleurs.

203 — Belle monture de nac e Louis XVI. Gouache ornée de fleurs et d'attributs. Trois grands médaillons. Pastorales.

204 — Monture Louis XVI. Belle feuille ornée de fleurs et de médaillons. Flore et Zéphyr.

205 — Monture Louis XVI. Gouache ornée d'arabesques et de grisailles. L'Hymen.

206 — Monture Louis XVI. Belle gouache. Gracieuse pastorale.

207 — Monture Louis XV. Toilette de Flore.

208 — Monture de nacre Louis XVI. Belle feuille ornée d'arabesques et de grisailles. Trois médaillons. La Bouquetière.

209 — Belle monture Louis XVI, avec médaillon peint sur l'ivoire. Gouache ornée de fleurs et de fruits. Joseph vendu par ses frères.

210 — Belle monture Louis XV, enrichie de peintures sur l'ivoire. Feuille à trois médaillons.

211 — Monture de nacre Louis XV, rehaussée d'or. Feuille à trois médaillons. Pastorales.

212 — Monture Louis XVI. Gouache ornée de fleurs. Grisaille. L'Hymen.

213 — Remarquable monture Louis XVI en nacre, relevée d'or et d'argent. Gouache ornée de fleurs et de médaillons en grisaille champêtres. Belle gouache.

214 — Monture Louis XV en ivoire sculpté. Belle gouache entourée d'arabesques, d'Amours. Camaïeu violet. Médaillon représentant une Baigneuse surprise par un satyre.

215 — Monture Louis XV, ivoire sculpté et doré. Gouache ornée d'arabesques et de fleurs. Sujet de l'Histoire sainte.

216 — Monture en ivoire sculptée et dorée, gouache entourée fleurs, sujet de l'Histoire sainte.

217 — Monture Louis XIV en nacre gravé, sujet avec ornements. Jésus et ses disciples sur le mont.

218 — Belle monture en nacre gravée et rehaussée d'or feuille ornée de fleurs, pastorale. Guirlandes de fleurs au verso.

219 — Monture Pompadour avec fleurs et fruits peints sur ivoire. sujet orné de guirlandes de fleurs. Mars et Vénus.

220 — Monture Louis XV en ivoire sculpté et doré, sujet avec ornements de fleurs et de fruits. Ruth et Booz, gouache très-belle de ton.

221 — Monture en ivoire sculptée et dorée, feuille avec sujet au verso. Sujets champêtres.

222 — Monture Louis XV en ivoire sculpté ; trois médaillons entourés de guirlandes de fleurs. Histoire de la Samaritaine.

223 — Éventail Pompadour à deux faces, monture et feuille camaïeu, ocre et violet.

224 — Belle monture Pompapour sculptée et découpée, chinois et fleurs. peints sur ivoire feuille, trois médaillons. Cérès et Aréthuse.

225 — Monture Louis XV en ivoire sculpté. Belle gouache avec attributs et fleurs, pastorale.

226 — Monture Louis XV en ivoire sculpté et doré. Gouache représentant les quatre saisons.

227 — Belle monture Louis XV en ivoire sculpté. Sujet représentant l'histoire de Joseph.

228 — Monture en ivoire sculpté et peint, Louis XV. Gouache à trois médaillons. Pastorales, fleurs au verso.

229 — Monture Louis XV en ivoire sculpté, gouache. Le prophète Samuel reproche au roi David la mort d'Uri.

230 — Monture Louis XV en ivoire sculpté, sujet orné d'arabesques, de fleurs et d'attributs champêtre finement peints. Ruth et Booz.

231 — Monture Louis XV en ivoire sculpté et doré, sujet entouré de fleurs et d'attributs.

232 — **Monture Louis XIV.** L'Amour entraînant deux nymphes, gouache d'un très-beau dessin Au verso, arabesques et pastorales.

233 — **Monture Louis XV**, ivoire sculpté et doré. Pastorale.

234 — Belle monture en nacre richement sculptée et dorée, garnie de burgaud, gouache très-riche représentant une pastorale dans le goût de Lancret. Eventail d'un très-bel effet.

235 — Monture en nacre. Louis XV. Belle gouache ornée de guirlandes de fleurs de médaillons avec amours et attributs. Le sujet, signé W. V. O., représente la famille de Darius aux pieds d'Alexandre. Petite gouache au verso.

236 — Monture Louis XV en nacre, enrichie de sculptures dorées et argentée. Deux médaillons, sujets champêtres.

237 — Belle monture Pompadour avec ornements de fruits et de fleurs sur ivoire. Gouache très-fine représentant un sujet champêtre. L'oiseleur.

238 — Belle monture Louis XV en ivoire sculpte, à rocailles, gouache représentant la femme de Darius aux pieds d'Alexandre. Bel éventail.

239 — Belle monture Pompadour en nacre sculpté, rehaussée de peinture, bien conservée : belle gouache avec ornements. Sujet de l'Hyménée

240 — Très-belle monture Pompadour en nacre sculpté, ornements dorés, parfaitement conservée, très-riche. Jacob et les filles de Laban. Belle gouache.

241 — Belle monture Louis XIV en nacre, finement gravée et sculptée. Éventail double. D'un côté : Rentrée au camp, des envoyés de Moïse rapportant de la terre sainte des fruits et une grappe de raisin ; de l'autre côté : Belle pastorale.

242 — Belle monture Louis XV en nacre, ornée de sculptures dorées. Belle gouache. Enfance du prophète Samuel.

243 — Belle monture en nacre Louis XV sculptée et dorée. Sujet enrichi d'arabesques de fleurs et d'amour.

244 — Monture Louis XV ivoire sculpté et doré. Belle gouache. L'Ange annonce aux bergers la naissance du Messie.

245 — Riche monture Louis XV en nacre, ornée de sculptures dorées. Belle gouache avec arabesques et fleurs. Flore et Apollon.

246 — Gracieuse et très-riche monture Louis XVI en ivoire sculpté et découpé, rehaussé d'or et d'argent. Belle gouache représentant Éliezer et Rebecca, éventail à deux faces. Au verso la monture est sans ornements d'or ; la gouache représente l'arrivée de Télémaque et de Mentor dans l'île de Calypso.

247 — Riche monture Louis XV en nacre sculpté et doré. Belle gouache avec ornements de fleurs et fond semé de poudre de nacre. Bien conservé. Le fils de Tobie conduit par l'Ange sur les bords du Jourdain.

248 — Riche monture Louis XVI en nacre sculpté et doré. Très-belle gouache avec ornements. Ovide présentant à Vénus son livre des Amours. Eventail très-curieux. Allégorie d'un auteur de l'époque faisant à une dame la dédicace d'un ouvrage.

249 — Riche monture Louis XV en nacre avec sculptures dorées. La gouache entourée de fleurs et d'attributs est une satire de l'époque contre quelque mariage de financier. Elle représente un personnage entouré de guirlandes par des amours qui tient un cœur enflammé dans la main et la Fortune répandant de l'or sur une dame assise sur un lit.

250 — Superbe éventail chinois en ivoire finement découpé. De chaque côté se trouve un médaillon avec fleurs, l'un doré, l'autre argenté (Brisé). Un des premiers éventails apporté de Chine sous Louis XV.

251 — Très-bel éventail chinois en ivoire sculpté sur les deux faces avec médaillon argenté et doré.

252 — Belle monture Louis XIV en ivoire sculpté et doré. Gouache représentant l'histoire d'Agar et d'Ismaël.

253 — Monture Louis XV en ivoire sculpté et doré. Belle grisaille avec ornements de fleurs. Rebecca à la fontaine.

254 — Riche monture Louis XV en nacre sculptée. Gouache avec ornements. Satire contre quelque mariage.

255 — Belle monture Louis XV en nacre sculptée et dorée. Eliezer et Rebecca à la fontaine.

256 — Très-beau et rare éventail Louis XVI. Monture en nacre sculptée représentant des gerbes et des épis. Allégorie de la moisson. Belle gouache enrichie de fleurs, de fruits et de guirlandes très-finement peintes. Deux médaillons avec amours en grisaille. Le sujet du milieu représente la vendange Belle pièce dans le goût flamand.

257 — Monture Louis XV en nacre sculptée et dorée. Gouache représentant Eliezer amenant Rébecca à Isaac.

258 — Très-bel éventail Pompadour. Monture richement peinte et ornée de sujets de chasse et de personnages allégoriques. Pièce curieuse de l'époque richement ornée.

259 — Belle monture Pompadour en nacre scluptée et dorée. Belle gouache à trois médaillons. Attributs grisailles.

260 — Monture Louis XIV en ivoire sculpté. Belle gouache sujet de l'histoire sainte.

260 bis. — **A. Coypel et Gillot.** Satire allégorique. Epoque Louis XIV. Dans un bois, nombre d'oiseaux à figures humaines avec coiffures spéciales. (Vraisemblable-

ment des portraits, entre autres celui de Mme Dacier, sont attirés vers la Vérité accompagnée de l'Amour, qu'un Satyre fait tourner sur un piége. Cette composition est entourée de petits sujets allégoriques. Au verso, paysage, sur un tertre une femme écrit, à sa droite est représenté le Phénix, à sa gauche le Pélican. Ce sujet à l'encre de chine, d'une très-grande finesse d'exécution, offre un grand intérêt historique et a probablement trait à la dispute de Lamotte et de Mme Dacier. Monture en nacre sculptée.

261 — Monture Louis XIV en ivoire peint et doré. Belle feuille. Sujet de l'histoire sainte.

262 — Monture Louis XV finement découpée et sculptée. Gouache.

263 — Riche monture finement découpée et sculptée, dorée et argentée avec les attributs de la Musique. Fleurs, etc., Flore et Apollon. Charmante composition flanquée de deux médaillons en grisaille entourés de légères et gracieuses guirlandes de fleurs. Au verso, se trouve un médaillon allégorique suspendu par des fleurs. Éventail de la plus belle époque Louis XVI. St A. C.

264 — Monture Louis XIV en ivoire finement sculpté. Gouache représentant le Festin de Balthazar.

265 — Belle monture Louis XV enrichie de peintures sur ivoire. Très-fine gouache représentant l'Amour..

266 — Belle monture chinoise de l'époque Louis XV. Belle gouche représentant Minerve et les Muses.

267 — Monture Louis XV en ivoire sculpté et doré. Belle gouache. Vénus et l'Amour.

268 — Monture Louis XV en ivoire sculpté et doré. Belle gouache Résurrection de Lazare.

269 — Monture Louis XIV très-simple. Les panaches sont en nacre gravée. Gouache remarquable. Enlèvement de Proserpine. A. 30

270 — Très-belle monture Louis XIV en ivoire sculpté. Parfaite de conservation. Feuille à double face en peau de chevreau. Magnifique gouache au pointillé représentant Véturie accompagnée des dames romaines venant supplier Coriolan son fils, d'épargner Rome. Gouache au verso. — Belle pièce.

271 — Très-bel éventail à double face. Monture en ivoire finement sculptée. Renaud dans les jardins d'Armide. Paysage au verso. — Louis XIV.

272 — Éventail à double face en nacre sculptée. Richement orné. Rehaussé d'or. Gracieuses pastorales avec nombreux personnages et paysages à l'horizon. Au verso pastorale et paysage. — Louis XV.

273 — Monture en nacre enrichie de sculptures variées, rehaussée d'or et d'argent. Garnie de burgaud, d'une parfaite conservation. Très-belle gouache avec un riche entourage, d'un beau dessin. Le Triomphe de l'Amour; nombreux personnages. Au verso : amours et ornements remarquables. Louis XV.

274 — Éventail Pompadour. monture très riche en nacre sculptée avec attributs et ornements dorés. Feuille ornée des deux côtés d'enroulements de fleurs. La gouache, très-belle, représente Flore et Apollon.

275 — Superbe monture en nacre sculptée, rehaussée de peintures. La feuille est magnifiquement ornée de fleurs. Enlèvement d'Hélène. Gouache très-belle de ton.

276 — Monture Louis XV très-riche, en nacre sculptée et dorée, avec personnages. La gouache, d'une conservation parfaite, est une allégorie de l'Hyménée ; elle est ornée de très-belles guirlandes de fleurs, de deux médaillons camaïeu brun.

Nous appelons l'attention sur cette composition pleine d'harmonie.

277 — Belle monture Louis XIV en ivoire sculpté, garni de burgaud et orné de peintures. La feuille est peinte des deux côtés, composition d'Antoine Coypel. Bacchus se présentant à Ariane dans l'île de Naxos; à l'horizon, le vieux Silène et des enfants pressant des raisins. Le verso représente un paysage.

Ces belles gouaches méritent l'attention des amateurs.

278 — Monture Louis XV en nacre, sculptée et dorée. Belle gouache représentant une pastorale richement entourée d'arabesques de fleurs.

279 — Remarquable éventail Louis XIV. Monture à double face, vernie par Martin, représentant différents sujets et personnages, parfaite de conservation. Admirable gouache italienne de l'époque, composition capitale. Toilette de Vénus. Les nymphes coupent les ailes des Amours. Le char de la déesse se voit dans les cieux. — Pièce unique.

280 — Belle monture Louis XIV en nacre gravée et dorée. Gouache. Composition capitale de Lebrun, et d'un grand effet, représentant l'entrée d'Alexandre dans Babylone. Belle pièce.

280 bis. — Très-riche monture en nacre sculptée et dorée avec anciens émaux sur les panaches. Gouache représentant la reine Arthémise au milieu de ses femmes et de sa cour. Belle composition.

281 — Belle monture Louis XV riche, ornée de sculptures dorées. Gracieuse gouache, sujet Pompadour.

282 — Riche monture Louis XIV, ornée de sculptures et de dorures. Belle gouache avec enroulements de fleurs et de coquilles. Le sujet, très-harmonieux de couleur, représente Eliézer et Rebecca.

.30. ¹A. CV.

283 — **Huet.** Remarquable monture Louis XV richement ornée et sculptée. Cette gouache, représente dans un magnifique paysage, un pâtre conduisant par la bride le cheval d'une jeune fille; dans le fond, divers animaux. Superbe horizon.

Nous appelons l'attention des amateurs sur cette feuille d'un admirable dessin.

284 — Monture Louis XV en ivoire sculpté. Feuille grisaille. Pastorale.

285 — Monture Louis XV en ivoire sculpté et doré. Belle feuille ornée de guirlandes de fleurs. Beau paysage. Pastorale.

286 — Monture Pompadour en ivoire découpé et peint. Gouache avec nombreux personnages. Pastorale. Sujet au verso.

287 — Monture Louis XV en ivoire sculpté. Diane et Actéon. Sujet au verso.

288 — Monture Louis XV en ivoire sculpté et doré. Riche gouache représentant une jeune fille se vouant au culte de Vesta.

289 — Belle monture en ivoire avec sculpture et découpures, garni de burgaud. Belle gouache sur peau d'Italie avec guirlandes de fleurs. Ruth et Booz.

290 — Belle monture en ivoire sculpté et doré Gouache richement composée, avec arabesques de fleurs et médaillons en camaïeu sur les côtés. — Louis XV.

291 — Monture en ivoire sculpté et doré. Deux médaillons. Paysages.

292 — Monture Louis XV en ivoire sculpté et doré. Trois médaillons. Paysages.

293 — Monture Louis XV en ivoire peint. Sujet champêtre.

294 — Monture en ivoire sculpté et doré. Sujet : l'Hyménée.

295 — Monture Louis XV en ivoire sculpté et doré. Gouache. Gracieuse pastorale.

296 — Monture en ivoire sculpté. Sujets champêtres.

297 — Monture en ivoire sculpté avec décors peints et dorés. Gouache très-fine représentant deux figures allégoriques.

298 — Monture Louis XV en ivoire sculpté. Belle gouache représentant un sujet champêtre.

299 — Monture Pompadour sculptée et peinte. Gouache sujet champêtre.

300 — Monture en ivoire sculpté. Belle gouache ornée de fleurs et d'oiseaux. Jolie pastorale.

301 — Monture en ivoire ornée de fines sculptures. Gouache représentant Eliezer et Rébecca.

302 — Riche éventail Louis XV. Monture finement sculptée et rehaussée de peinture avec divers sujets chinois. Belle gouache représentant les cinq grands fleuves de France sous la figure de nymphes qui semblent montrer à Mercure un prince nouveau-né en le chargeant d'en annoncer la nouvelle. Feuille à deux faces représentant au verso une gouache très-fine représentant le Jugement de Pàris. Curieuse pièce de l'époque.

303 — Riche monture Louis XV en nacre sculptée, avec sujet, rehaussée d'or et d'argent. Gouache ornée de fleurs, de médaillons en grisaille avec portraits. Celui du milieu représente une marine avec personnages.

304 — Monture Louis XV en nacre, richement sculptée et rehaussée d'or. Belle gouache représentant les Jeux champêtres.

305 — Monture Louis XIV richement sculptée et rehaussée d'or. Belle gouache de l'époque. Ulysse découvrant Achille dans l'île de Scyros. Sujet au verso.

306 — Très-riche monture Louis XV en nacre sculptée et dorée. Charmante gouache représentant une pastorale.

307 — Belle monture Louis XV en ivoire. Belle gouache représentant une pastorale.

308 — Riche monture Louis XV en ivoire sculpté, garni de burgaud. Belle gouache ornée de fleurs et de fruits, représentant les Hébreux recueillant la manne.

309 — Très-riche monture Louis XV en nacre sculptée, avec ornements dorés. Gouache ornée de fleurs enroulées. Trois médaillons représentant des pastorales.

310 — Eventail Louis XV. Monture en ivoire sculpté et doré. Trois médaillons. Pastorales.

311 — Monture Louis XV en ivoire sculpté. Belle gouache ornée de guirlandes de fleurs représentant Vénus armant Énée.

312 — Monture en ivoire sculpté et doré. Trois médaillons ornés de fleurs avec sujets.

313 — Monture d'ivoire sculpté et doré. Sujet : Actéon et Vénus.

314 — Belle monture Louis XIV en nacre gravé. Gouache de l'époque, représentant la femme de Darius devant Alexandre.

315 — Belle monture Pompadour, sculptée et ornée de peintures. Belle gouache représentant Diane et Endymion.

316 — Eventail brisé en ivoire sculpté et découpé. Chinois. Époque Louis XV.

317 — Belle monture Pompadour sculptée et ornée de peintures. Belle gouache représentant des pastorales.

318 — Monture chinoise en ivoire sculpté et découpé. Belle gouache représentant Renaud dans les jardins d'Armide, désarmé par l'Amour. Époque Louis XV.

319 — Remarquable monture Louis XV en nacre sculptée, avec sujet et vases à chaque branche. Rehaussé de dorures très-belles. Gouache richement ornée. Gracieuse pastorale. Belle pièce.

320 — Monture en ivoire rehaussé d'argent. Sujet champêtre.

Vig 19 321 — Monture en ivoire découpé et sculpté. Gouache représentant un concert champêtre, Louis XV. Combron...

322 — Monture en ivoire. Pompadour. Ornée de peinture. Belle gouache représentant les Jeux champêtres.

323 — Monture Louis XV en ivoire sculpté et doré. Gouache représentant Jésus et la Samaritaine.

324 — Monture en ivoire sculpté et doré. Gouache d'un très-beau ton.

325 — Monture Louis XV en ivoire sculpté, rehaussé d'or. Richement orné de fleurs et de médaillons.

326 — Monture en ivoire sculpté et doré. Gouache représentant l'Echelle de Jacob. Louis XIV.

327 — Monture Louis XV en ivoire sculpté, rehaussé d'or. Feuille avec sujet.

328 — Riche monture Louis XV en ivoire sculpté et doré. Ornements de fleurs. Éliezer et Rébecca.

329 — Belle monture en ivoire sculpté et doré. Belle gouache. Joseph vendu par ses frères.

330 — Monture Louis XV en ivoire sculpté et doré. Gouache avec médaillons ornés de fleurs et de pastorales.

331 — Monture Louis XV en ivoire sculpté et doré. Gouache. Joseph vendu par ses frères.

332 — Éventail Louis XIV. Festin de Balthazar.

333 — Monture Louis XV en ivoire sculpté. Genre chinois avec médaillons.

334 — Monture. Ivoire découpé et sculpté. Gouache richement composée.

335 — Monture en ivoire découpé et doré. Enroulements de fleurs. Pastorales.

336 — Monture Louis XV en ivoire sculpté. Eliezer et Rébecca.

337 — Belle monture Louis XV découpée et sculptée. Gouache richement composée.

338 — Monture en ivoire sculpté et finement découpé. La feuille, semée de fleurs et de papillons, est composée de 5 médaillons Louis XVI. Monture avec ornements d'or. Gouache ornée de guirlandes de fleurs. Histoire de Joseph.

339 — Sujet de l'Histoire-Sainte avec fleurs, monture Louis XVI.

340 — Monture en ivoire découpé. Eventail de soie avec ornements et attributs peints et brodés. Louis XVI.

341 — Monture en ivoire découpé. Pastorale Louis XVI.

342 — Monture Louis XVI en ivoire découpé. Sujets chinois.

343 — Belle monture en ivoire et nacre. Belle gouache. Diane.

344 — Simple monture Louis XVI en ivoire. Pastorale.

345 — Belle monture très-finement découpée. Eventail de deuil. Mausolée Louis XVI.

346 — Monture en ivoire. Pastorale en grisaille, Louis XVI.

347 — Belle monture en ivoire. Joseph vendu par ses frères.

348 — Belle monture en ivoire. Le bon Samaritain. Grisaille.

349 — Très-belle monture en ivoire avec fleurs peintes. Sujets champêtres, — Louis XV.

350 — Simple monture. Gouache représentant Alexandre et Diogène dans son tonneau.

89	Eventail	M.M. Austen [illegible]	20
124	Eventail	Moreau	91
249		Combrouse	25
275		Moreau	135
321		Combrouse	19
345		de Courmont	20
11		Combrouse	5
67 - 68		Combrouse	3

FEUILLES

1 — Apollon et les neuf Muses.
2 — Jugement de Pâris. Beau paysage.
3 — Feuille anglaise. Trois médaillons avec guirlandes de fleurs.
4 — L'Enfant prodigue.
5 — Feuille Louis XV. Sujets chinois. Ornements.
6 — Jésus et ses disciples. Trois médaillons avec guirlandes de fleurs.
7 — Éliezer et Rébecca.
8 — Sacrifice de Noé en sortant de l'arche. Belle gouache
9 — Abraham renvoie Agar et Ismaël.
10 — Médaillons entourés de fleurs. Pastorales.
11 — Pastorale. Guirlande de fleurs.
12 — Sujet tiré de l'Histoire sainte, avec attributs et fleurs.
13 — Télémaque dans l'île de Calypso.
14 — Jolie pastorale.
15 — La toilette de Vénus.
16 — Feuille Louis XVI. Joseph racontant son songe.
17 — Sacrifice d'Abraham. Guirlandes de fleurs. Louis XVI.
18 — Feuille Louis XIV. Sacrifice à l'Amour.
19 — Les Beaux-Arts.
20 — Moïse sauvé des eaux.
21 — Éliezer et Rébecca.
22 — Salutation de Sainte Anne à la Vierge. Feuille très-ancienne, curieuse.
23 — Éliezer et Rébecca.
24 — Pastorale.

— 25 — Curieuse feuille Louis XVI. Le départ d'un guerrier. Médaillons avec Amours et fleurs. Finement peinte.
— 26 — Allégorie. Gouache.
— 27 — Sujet biblique.
— 28 — Feuille anglaise. Couronnement d'un poète.
— 29 — Pastorale.
30 — Moïse sauvé des eaux. — Très-jolis bouquets de fleurs.
— 31 — Esther et Assuérus. Feuille très-ancienne.
32 — Feuille avec sujet chinois.
— 33 — Fiançailles.
— 34 - Agar dans le désert.
35 — Jugement de Salomon. Louis XIV.
— 36 — Feuille Louis XVI, avec médaillons.
37 — Sujets champêtres avec ornements. Fleurs et fruits.
38 — Sujet allégorique.
39 — Éliezer et Rébecca.
40 — Même sujet avec médaillons et guirlandes de fleurs.
— 41 — L'Ange annonce aux bergers la venue du Messie.
— 42 — Belle feuille Louis XVI, avec médaillons et attributs.
43 — Belle pastorale.
44 — Allégorie de l'Hyménée.
45 — Feuille anglaise. Médaillons et ornements.
46 — Louis XVI. Ornements et médaillons.
47 — Gouache ornée de médaillons. Louis XVI.
48 — Sujet historique.
— 49 — Pastorale.
— 50 — Jésus et la Samaritaine.
— 51 — Eliezer et Rébecca.
— 52 — Pastorale.
53 — Belle feuille. Flore et Zéphyre.
54 — Jolies pastorales avec ornements.
— 55 — L'Échelle de Jacob.
— 56 — Trois médaillons avec pastorales.
— 57 — Deux médaillons. Éliezer et Rébecca. Booz et Ruth.
— 58 — Abraham chassant Agar.

59 — Joseph vendu par ses frères.
60 — Deux sujets bibliques.
61 — Agar dans le désert.
62 — Feuille anglaise. Décor Louis XVI.
63 — Booz et Ruth.
64 — Moïse sauvé des eaux.
65 — Gouache, représentant Moïse sauvé des eaux.
66 — Abraham chassant Agar.
67 — Pastorale. Ornements Louis XVI.
68 — Sarah présente Agar à Abraham.
69 — Jugement de Pâris.
70 — Éliezer et Rébecca.
71 — Triomphe de Mardochée.
72 — L'Amour frappe de ses flèches un berger endormi. Flore et Zéphyre. La vendange. Trois médaillons.
73 — Défaite de Darius.
74 — Grisaille. Allégorie ayant trait à l'Histoire romaine. Feuille curieuse.
75 — Belle esquisse.
76 — Jugement de Pâris. Riche composition Louis XIV.
77 — Conversation champêtre. Camaïeu bleu.
78 — L'Enlèvement d'Europe.
79 — Feuille à trois médaillons, richement ornée.
80 — Jésus et ses disciples. Feuille Louis XIV.
81 — Pastorale. Louis XVI.
82 — Pastorale. Louis XV.
83 — Feuille Louis XVI. Retour d'un guerrier.
84 — Éliezer et Rébecca.
85 — Belle feuille Louis XIV, représentant un concert. Beau dessin et belle couleur.
86 — Jolie composition. Mariage de Bacchus et d'Ariane. Nombreux personnages.
87 — Belle feuille.
88 — Fleurs avec ornements. Sujets.
89 — Neptune et Amphitrite.
90 — Pastorale.

91 — Feuille Louis XVI. Pastorale.
92 — Gouache Louis XVI. Sujets champêtres.
93 — Ornements et oiseaux.
94 — Pastorale.
95 — Camaïeu. Pastorales avec arabesques.
96 — Feuille Louis XVI. A trois médaillons, avec guirlandes de fleurs.
97 — Gouache, avec pastorale Louis XVI.
98 — Flore et Apollon. Médaillon d'attributs. Arabesques et fleurs.
99 — Feuille à trois médaillons, richement ornés de fleurs.
100 — Sujet d'Histoire sainte.
101 — Flore et Zéphyre.
10 2— Agar et Ismaël dans le désert.
103 — Sujet d'Histoire sainte. Beau paysage.
104 — Belle feuille à trois médaillons. Sujet champêtre.
105 — Belle feuille à trois médaillons. Flore et Zéphyre.
106 — Jésus guérissant les aveugles.
107 — Louis XVI. Gouache avec ornements.
108 — Belle feuille à trois médaillons. Richement ornée d'attributs et de fleurs.
109 — Isaac bénissant Jacob.
110 — Eliezer et Rébecca. Gouache très fine.
111 — Riche feuille. Vénus apportant des armes à Énée.
112 — Pastorale avec guirlandes de fleurs.
113 — Mariage de Jacob et de Rachel.
114 — Pastorales. Louis XVI.
115 — Feuille avec ornements Louis XVI. Joli médaillon ayant trait au roman de Werther de Gœthe.
116 — Deux médaillons. Ornés de fleurs.
117 — Feuille Louis XV. Camaïeu bleu.
118 — Pastorale.
119 — Sujet d'histoire sainte.
120 — Flore et Zéphyre.

121 — Méléagre offrant à Atalante la tête du sanglier de Calydon. Belle gouache.

122 — Ulysse et Télémaque. Feuille anglaise.

123 — La Marchande d'Amours.

124 — Phèdre accusant Hippolyte devant Thésée. Belle gouache anglaise.

125 — La Marchande d'Amours.

126 — Flore et Zéphyre.

127 — Feuille Louis XVI. Jésus et la Samaritaine.

128 — Abraham chassant Agar et Ismaël.

129 — Feuille Louis XVI. Pastorale.

130 — Gouache Louis XVI. Sujet champêtre. Feuille anglaise.

131 — Télémaque et Mentor dans l'île de Calypso. Feuille anglaise.

132 — Très-belle gouache anglaise.

133 — Le Concert champêtre. Très belle feuille. Camaïeu violet. Genre de Lancret.

134 — Feuille Louis XV. Gracieuse pastorale. Belle pièce.

135 — Belle gouache Louis XIV. Jugement de Paris. Allégories et portraits historiques.

136 — L'enlèvement d'Hélène. Belle Gouache Louis XIV. Beau dessin.

137 — L'Aurore sur son char, emportée sur les nuages, entourée d'Amours et des Divinités de la nuit. Gouache d'un magnifique effet et d'un très beau dessin. Composition importante.

138 — Curieuse feuille Louis XV à cinq médaillons appliqués sur dentelle blanche de l'époque. Les médaillons représentent des marines, des paysages. Celui du milieu, Bacchus et Ariane. Ces cinq gouaches sont d'un très grand effet et d'une magnifique couleur.

139 — Belle feuille. Alexandre recevant la femme de Darius. Gouache Louis XIV.

139 bis. — Feuille anglaise. Style Louis XVI. Très belle pastorale.

140 — Très belle gouache italienne. Magnifique architecture. Composition capitale Sujet de l'histoire romaine.

141 — Très belle feuille représentant Apollon, Minerve et les neuf Muses; cette gouache, d'une belle couleur et d'un beau dessin, peut être, sans contredit, attribuée à un grand maître français qui s'est inspiré du tableau de Raphaël.

142 — Les Saintes Femmes trouvent l'Ange gardant le tombeau. Composition remarquable par le sentiment. Cette gouache, d'une belle couleur et d'un beau dessin, peut encore être donnée sans crainte à un grand maître de l'École française.

143 — Magnifique feuille italienne représentant un Repas des Dieux et des Déesses de l'Olympe. Cette gouache, parfaite sous tous les rapports, attirera certainement l'attention.

144 — **Rosalba Carriera.** Magnifique gouache représentant Hercule aux pieds d'Omphale, entourés d'Amours et de gracieuses nymphes, dans de superbes jardins. Composition capitale et une des plus rares des quelques-unes de l'artiste.

145 — **Antoine Watteau.** Le Concert champêtre. Une des plus rares et des plus remarquables feuilles de ce maître. Gouache d'un magnifique dessin et d'une très belle couleur. Paysage d'un grand effet. Pièce très rare.

146 — Magnifique gouache représentant des guerriers venant couper des branches dans le bois consacré à Vénus. On voit la Déesse dans les airs. Cette feuille d'un beau dessin est digne d'attention.

147 — Très belle gouache italienne. Enlèvement des Sabines. Dessin remarquable.

148 — **Lancret.** Gracieuse composition. Trois personnages. Cette feuille n'est pas terminée. Il y manque les ornements, mais le sujet est complet. — Curieuse.

149 — Belle feuille anglaise. Paysage.

150 — Belle feuille Louis XIV. Mariage d'Alexandre et de Roxane. Gouache d'un bel effet et d'une grande richesse. Louis XIV.

151 — Allégorie des Saisons.

152 — Lancret. Belle feuille Louis XV. Camaïeu violet. Sujets champêtres avec médaillons.

153 — Très-belle feuille Pompadour. Trois médaillons richement entourés de fleurs. Allégorie de l'époque.

154 — Belle composition représentant le jugement de Pâris. Louis XIV. Allégorie. Pièce curieuse de l'époque.

155 — Feuille Pompadour. Pastorale. Gouache très-fine.

156 — Remarquable feuille. Danse champêtre. Gouache d'une grande finesse.

157 — Belle grisaille. Riche composition. Cérémonie nuptiale. Rare.

158 — Feuille représentant un Hyménée.

159 — Gouache d'une très-grande finesse et d'un beau dessin. Achille dans l'île de Scyros (soie).

160 — Jugement de Pâris.

161 — Belle feuille. Flore et Zéphyre. Joli paysage.

162 — Très-belle grisaille. Ruth et Booz. Rare.

163 — Magnifique gouache représentant la maladie d'Antiochus. Riche composition d'un bel effet. Cette feuille n'a jamais été montée. Attribuée à Lebrun.

164 — Très-riche feuille Louis XV. Sujet allégorique.

165 — Jugement de Pâris. Gouache très-fine.

166 — Belle gouache. Allégorie des saisons.

167 — Feuille Louis XV. Gouache de l'École française. Isaac bénissant Jacob.

168 — **Boucher**. Belle feuille à trois médaillons. Sujet chinois. Gouache ornée de rocaille et de camaïeu Pièce rare.

169 — Feuille Louis XVI. Attributs et guirlandes bien composées.

170 — Pastorale Louis XV. La balançoire. Camaïeu. Lancret.

171 — Louis XV. Pastorale.

172 — Riche composition d'un bel effet. Mariage de Psyché et de l'Amour au milieu de l'Olympe. Louis XIV.

173 — Feuille Louis XV. Très-richement ornée. Sujet historique. Gouache.

174 — Belle composition. Gouache très-fine. Jésus et la Samaritaine.

175 — Allégorie des trois Vertus théologales. Belle gouache.

176 — Feuille allégorique. Apothéose de Stanislas de Lorraine le Bien-Aimé, conduit par Minerve. D'un côté ses ennemis sont terrassés; de l'autre côté, la Pologne, sous les traits d'une femme éplorée. Vénus enflammant les cœurs, symbole de l'amour de ses sujets; la Renommée le couronne et proclame ses vertus. Composition capitale et digne d'attention. — Pièce curieuse et historique.

177 — Pastorale.

178 — Belle gouache. Diane au bain et ses nymphes surprises par Actéon.

179 — Riche feuille. Louis XV. Composition capitale. Éliezer et Rébecca.

~~179 bis. — Maladie d'Antiochus.~~

180 — **A. Coypel**. Remarquable gouache. Composition parfaite. Éliezer et Rébecca. Nous appelons l'attention sur le dessin et le beau ton de cette feuille, ainsi que sur la beauté des figures. Pièce capitale.

181 — Feuille Louis XV.

182 — Feuille à trois médaillons. Allégorie de l'Hymen.

183 — Belle feuille Louis XV. Sujet allégorique.

184 — Feuille Louis XV. Sujet biblique.

185 — Feuille Louis XV. Jeux champêtres.

186 — Feuille Louis XVI. Flore et Zéphyre.

187 — Gouache. Jésus et la Samaritaine. Louis XVI.

188 — Belle feuille. Sujet de l'Histoire romaine.

189 — Belle feuille Pompadour, avec guirlandes de fleurs et arabesques. Moïse sauvé des eaux.

190 — Feuille Louis XVI, à trois médaillons, avec sujet de l'Histoire sainte.

191 — Feuille Louis XV. Sujet allégorique.

192 — Belle gouache Louis XV. Sacrifice d'Abraham.

193 — Feuille Pompadour. Histoire de Joseph.

194 — Pastorale.

195 — Feuille Louis XV. Baptême de Jésus-Christ.

196 — Belle feuille Louis XVI, entourée de jolies guirlandes de fleurs. Allégorie de l'Hymen.

197 — Jolie gouache Louis XVI.

198 — Gouache Louis XVI, très-fine et richement ornée.

199 — Éliezer amène Rébecca à Jacob. Feuille richement ornée.

200 — Belle feuille Pompadour. Sujet de l'Histoire sainte.

201 — Pastorale.

202 — Feuille allégorique. Louis XV.

203 — Jugement de Pâris. Belle feuille Louis XV.

Renou et Maulde, imprimeurs de la Compagnie des Commissaires-Priseurs, rue de Rivoli, 144. 1429

www.ingramcontent.com/pod-product-compliance
Ingram Content Group UK Ltd.
Pitfield, Milton Keynes, MK11 3LW, UK
UKHW022151170726
13837UKWH00004B/1912